1.ª edición: enero 2014

2.ª edición: noviembre 2014

© Del texto: Rocío Antón y Lola Núñez, 2002
© De la ilustración: Marta Balaguer, 2002
© Grupo Anaya, S. A., Madrid, 2014
Juan Ignacio Luca de Tena, 15. 28027 Madrid
www.anayainfantilyjuvenil.com
e-mail: anayainfantilyjuvenil@anaya.es

ISBN: 978-84-678-6083-2
Depósito legal: M-31821-2013
Impreso en España - Printed in Spain

Las normas ortográficas seguidas son las establecidas
por la Real Academia Española en la
Ortografía de la lengua española, publicada en el año 2010.

UNA RICA MERIENDA

Rocío Antón y Lola Núñez

Ilustraciones de Marta Balaguer

ANAYA

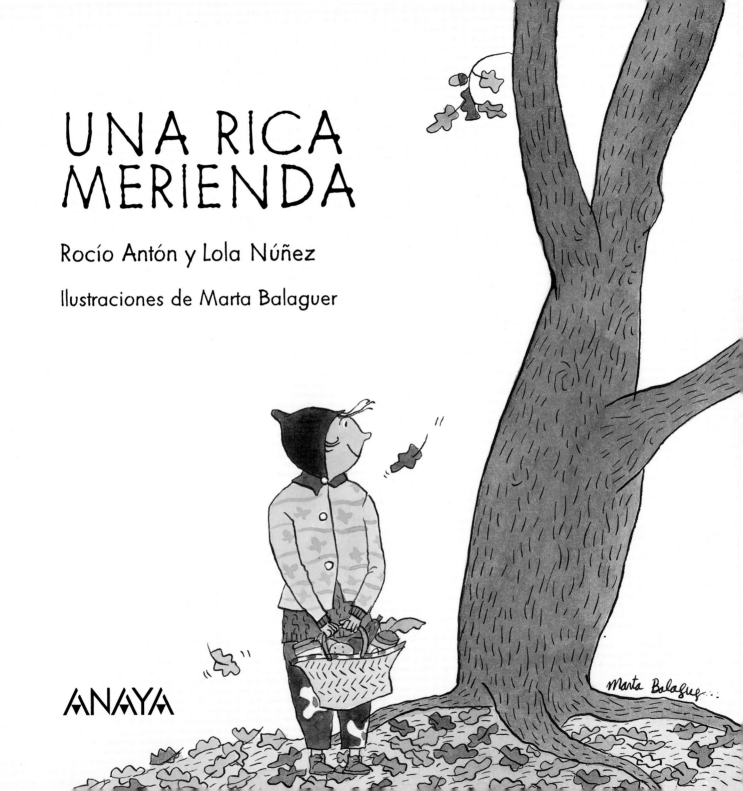

HOY ES JUEVES POR LA TARDE
Y ALLÁ VA CAPERUCITA,
CON SU CESTITA EN EL BRAZO
A CASA DE LA ABUELITA.
LLEVA FRUTA, REQUESÓN,
MIEL DE ABEJA Y UNA TARTA;
PAN DE AVENA Y ESPINACAS,
SARDINAS Y SALCHICHÓN.

CAPERUCITA SE EXTRAÑA
DE QUE NO APAREZCA EL LOBO
DANDO SALTOS COMO UN BOBO
PARA ENGAÑARLA CON MAÑAS.
DE PRONTO, LO VE A LO LEJOS;
ESTÁ TIRADO EN EL SUELO
GRITANDO COMO UN LOCUELO.

CAPERUCITA SE ACERCA.
—¿QUÉ LE PASA, SEÑOR LOBO?
SU TRIPA PARECE UN GLOBO.
¿LE APETECE UNA MANZANA?
—¡QUIERO TOMAR UN REFRESCO,
NO ME GUSTAN LAS MANZANAS!

Y LA NIÑA LE REGAÑA:
—NO LE CONSIENTO ESAS MAÑAS;
UNA JARRA DE REFRESCO
NO ES UNA COMIDA SANA.

SE ACERCA UN CONEJO BLANCO.
—¿QUÉ LE PASA, SEÑOR LOBO?
SU TRIPA PARECE UN GLOBO.
TÓMESE UNA ZANAHORIA.
—¡QUIERO TOMAR UN HELADO!
¡Y NO QUIERO ZANAHORIAS,
NI ME GUSTAN LAS MANZANAS!

Y LA NIÑA LE REGAÑA:
—NO LE CONSIENTO ESAS MAÑAS;
UNA MONTAÑA DE HELADO
NO ES UNA COMIDA SANA.

SE ACERCA UN HERMOSO GATO.
—¿QUÉ LE PASA, SEÑOR LOBO?
SU TRIPA PARECE UN GLOBO.
¿QUIERE USTED UNA SARDINA?
—¡QUIERO TOMAR GOMINOLAS!
¡A LA PORRA LAS SARDINAS!
¡Y NO QUIERO ZANAHORIAS,
NI ME GUSTAN LAS MANZANAS!

Y LA NIÑA LE REGAÑA:
—NO LE CONSIENTO ESAS MAÑAS;
UN MONTÓN DE GOMINOLAS
NO ES UNA COMIDA SANA.

SE ACERCA UNA LINDA ARDILLA.
—¿QUÉ LE PASA, SEÑOR LOBO?
SU TRIPA PARECE UN GLOBO.
LE REGALO UNAS CASTAÑAS.
—¡QUIERO COMER REGALIZ!
ME DAN ASCO LAS CASTAÑAS.
¡A LA PORRA LAS SARDINAS!
¡Y NO QUIERO ZANAHORIAS,
NI ME GUSTAN LAS MANZANAS!

Y LA NIÑA LE REGAÑA:

—NO LE CONSIENTO ESAS MAÑAS;

UN KILO DE REGALIZ

NO ES UNA COMIDA SANA.

SE ACERCA MAMÁ PALOMA.
—¿QUÉ LE PASA, SEÑOR LOBO?
SU TRIPA PARECE UN GLOBO.
¿LE APETECE PAN DE TRIGO?

—¡QUIERO UNA PIRULETA!
NO COMERÉ PAN DE TRIGO,
ME DAN ASCO LAS CASTAÑAS.
¡A LA PORRA LAS SARDINAS!
¡Y NO QUIERO ZANAHORIAS,
NI ME GUSTAN LAS MANZANAS!

Y LA NIÑA LE REGAÑA:
—NO LE CONSIENTO ESAS MAÑAS;
UN CESTO DE PIRULETAS
NO ES UNA COMIDA SANA.

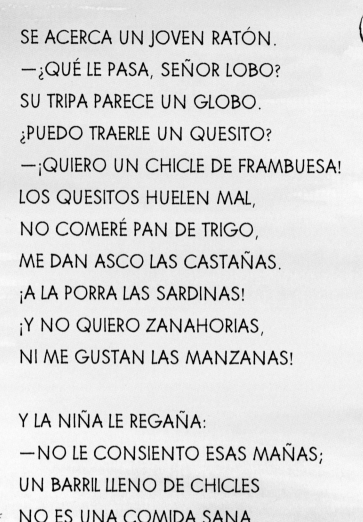

SE ACERCA UN JOVEN RATÓN.
—¿QUÉ LE PASA, SEÑOR LOBO?
SU TRIPA PARECE UN GLOBO.
¿PUEDO TRAERLE UN QUESITO?
—¡QUIERO UN CHICLE DE FRAMBUESA!
LOS QUESITOS HUELEN MAL,
NO COMERÉ PAN DE TRIGO,
ME DAN ASCO LAS CASTAÑAS.
¡A LA PORRA LAS SARDINAS!
¡Y NO QUIERO ZANAHORIAS,
NI ME GUSTAN LAS MANZANAS!

Y LA NIÑA LE REGAÑA:
—NO LE CONSIENTO ESAS MAÑAS;
UN BARRIL LLENO DE CHICLES
NO ES UNA COMIDA SANA.

CAPERUCITA, EL CONEJO,
CON EL GATO Y CON LA ARDILLA,
LA PALOMA Y EL RATÓN
QUIEREN AL LOBO GOLOSO
HACER ENTRAR EN RAZÓN.
LE PREPARAN UN BATIDO
CON FRESAS Y CON LIMÓN,
CON NARANJAS, CON MANZANAS,
CON MORAS Y CON MELÓN.
¡ESO SÍ ES COMIDA SANA!

ENTRE TODOS LE SUJETAN
PARA QUE BEBA EL BATIDO,
MIENTRAS EL LOBO GOLOSO
NO DEJA DE DAR AULLIDOS.

CUANDO ACABA DE BEBER,
SE RELAME LOS BIGOTES.
PARECE QUE SE HA CURADO
DESPUÉS DE TANTO PITOTE.

EL LOBO NO OLVIDARÁ QUE
EL PAN DE TRIGO, EL QUESITO,
LAS CASTAÑAS Y MANZANAS,
SARDINAS Y ZANAHORIAS,
¡SÍ QUE SON COMIDAS SANAS!

LAS INTELIGENCIAS MÚLTIPLES Y SU VALOR EN LA EDUCACIÓN

«Cada ser humano tiene una combinación única de inteligencias. Este es el desafío educativo fundamental. Podemos ignorar estas diferencias y suponer que todas nuestras mentes son iguales. O podemos tomar las diferencias entre ellas». (H. Gardner, 1995)

La teoría de las inteligencias múltiples de Howard Gardner propone una nueva perspectiva para el estudio de la inteligencia. Según el autor, son un modo global para dar respuesta a las diferencias personales y para abrir un camino a la comprensión de las capacidades e intereses individuales. Las inteligencias múltiples permiten explicar cómo personas con habilidades extraordinarias en algunos campos pueden resultar no tan brillantes en muchos otros.

Gardner define ocho inteligencias:

1. Inteligencia lingüístico-verbal.
2. Inteligencia matemática.
3. Inteligencia espacial.
4. Inteligencia musical.
5. Inteligencia corporal cinestésica.
6. Inteligencia intrapersonal.
7. Inteligencia interpersonal.
8. Inteligencia naturalista.

LEER Y COMPARTIR	TRATAMIENTO DE LAS INTELIGENCIAS
Primera lectura • Leer el cuento despacio, marcando la rima y el ritmo, así como las partes que se repiten, y animar a los niños a que acompañen la lectura diciendo de forma espontánea los versos que recuerden.	• Inteligencia lingüístico-verbal. • Inteligencia musical.
Segunda lectura • Detenerse en cada página y conversar sobre el contenido de la rima y la ilustración. Pedir a los niños que digan qué elementos, tanto del texto como de la ilustración, les permiten predecir lo que sucederá.	• Inteligencia lingüístico-verbal. • Inteligencia espacial.
Qué harías tú si... • Plantear sencillas improvisaciones, en las que se recojan situaciones reales o fantásticas, donde sean los propios niños los que resuelvan conflictos habituales; por ejemplo: cómo demostrar a alguien, sin gritos ni violencia, que debe cooperar o compartir sus cosas.	• Inteligencia lingüístico-verbal. • Inteligencia corporal cinestésica. • Inteligencia interpersonal.
Educar en valores • La historia destaca la importancia de tener una alimentación equilibrada y sana para conservar la salud. • Se plantea en todos los casos la disyuntiva entre alimentos sanos y «chuches», ya que la comparación es un buen modo de abordar los hábitos adecuados en estas edades. • Los animales que aparecen a lo largo del cuento ofrecen al lobo los alimentos naturales que ellos mismos toman. De este modo, son los propios personajes quienes muestran modelos adecuados de comportamiento en relación con la alimentación.	• Inteligencia lingüístico-verbal. • Inteligencia intrapersonal. • Inteligencia interpersonal. • Inteligencia naturalista.

JUGAR Y APRENDER EN FAMILIA	TRATAMIENTO DE LAS INTELIGENCIAS
• Programar el menú para varios días y anotar en una lista los alimentos que hay que comprar para elaborarlo. Es conveniente clasificarlos por grupos para que sea más fácil identificar la tienda o la zona del supermercado donde se encuentra cada uno. • Después, ir a comprar los ingredientes. • Algunos de los platos sanos que se pueden elaborar son: macedonia de frutas, queso fresco con membrillo, bizcocho casero, tostadas de jamón con tomate, ensalada… • Una posible receta de bizcocho casero puede ser la siguiente: INGREDIENTES • Tres huevos, una tacita mediana de aceite, 250 gramos de harina, una tacita mediana de leche, 200 gramos de azúcar, un sobre de levadura, la ralladura de un limón y una pizca de sal. FORMA DE HACERLO 1. Batir en un recipiente los huevos, la leche, el aceite y el azúcar. 2. Mezclar la harina, la sal y la levadura y añadirlo a la mezcla anterior. 3. Untar un molde con mantequilla, echar en él la masa y cocerlo en el horno a 150° una hora, más o menos.	• Inteligencia lingüístico-verbal. • Inteligencia lógico-matemática. • Inteligencia corporal cinestésica. • Inteligencia intrapersonal.

JUGAR Y APRENDER EN EL COLE	TRATAMIENTO DE LAS INTELIGENCIAS
JUEGO DE LENGUAJE: *Más cosas ricas* • Conversar sobre los alimentos que toman algunos animales y hacer una lista en la pizarra: el oso y la miel; el ternero y la leche; el caracol y la lechuga… • Inventar más situaciones del cuento en las que más animales ofrezcan comida sana al lobo e incorporarlas en la rima repetitiva de la historia. JUEGO DE LENGUAJE: *Rimas de animales* • Inventar rimas con nombres de animales y nombres de alimentos. Por ejemplo: «una perdiz que come maíz; un ratón que come queso y melón; una cucaracha que come remolacha; un caracol que come pipas de girasol…». • Escribir cada rima en una hoja y pedir a los niños que hagan un dibujo para ilustrarla. Después, encuadernar las hojas de todos los niños para formar un libro de la clase. JUEGO DE LAS TIENDAS • Organizar un mercado en clase con envases vacíos, alimentos de juguete, fotos procedentes de folletos o de cajas de alimentos… Cada niño hará «la compra» y, luego, explicará al resto de la clase qué ha comprado y por qué lo ha elegido.	• Inteligencia lingüístico-verbal. • Inteligencia musical. • Inteligencia espacial. • Inteligencia intrapersonal. • Inteligencia naturalista.